AF143626

Le pansement à la truite

Pour Néo et Tim

Texte et illustration : Mö de Lanfé

Pour contacter l'auteur :

maud.lanfe@gmail.com

© 2018, Mö de Lanfé

Edition : BoD – Books on Demand

12/14 rond-point des Champs Elysées

75008 PARIS

Impression : Bod – Books on Demand

Norderstedt – Allemagne

ISBN 978-2-3221-6586-5

La biscotte est devant moi sur la table, sa face beurrée est gravée d'une forme de fleur au couteau. Mamie s'est appliquée à réaliser un motif simple qui va enchanter mes yeux encore endormis. Le craquement de la tartine dans ma bouche me dit qu'un nouveau jour est là. Trempée dans mon bol de café au lait, elle se délite et je savoure ce goût unique de la biscotte molle imbibée. Le fond de mon bol me révèle comme chaque matin un dessin de santon provençal. Il faut que j'ajuste mes gorgées, j'aime à ne laisser dépasser du liquide que la coiffe du personnage. La précision est difficile à atteindre d'un seul jet de ma bouche. Alors je recrache si nécessaire, pour arriver à une absolue perfection du haut de mes huit ans.

Victorieuse au bout de quelques longues secondes, je donne « la petite goutte » à Mamie. Il s'agit là de l'un de nos précieux petits rituels. Elle se régale chaque matin de mon fond de bol bu et recraché et si parfaitement mélangé dans une proportion parfaite pour récupérer en une gorgée un santon quasi sec au fond de mon bol. A ce moment seulement, je m'éveille à l'ailleurs : l'extérieur de la maison avec un domaine où il n'y a qu'un seul roi : Pépé.

Je récupère rapidement sous l'établi du garage mes bottes qui ont une odeur d'humidité et de chaussettes sales. Ma main s'enfonce au fond de chacune d'elles avec un frisson qui persiste jusqu'au moment où je valide l'absence d'araignée. Les bottes sont trop grandes et cautionnent ma démarche volontaire mais maladroite. En haut de la butte qui jouxte la maison, mon pépé. Il domine le village. La mission commence : se débarrasser de cette satanée taupe qui s'acharne à dévorer le cul des légumes de notre jardin. Les calculs et suppositions commencent. J'écoute mon grand-père qui pense à haute voix. Nous sommes debout, prêts à agir, à l'ombre du prunier, la pelle à portée de main. Cette même pelle qui attend de s'abattre sur la tête de la bête comme sentence pour avoir osé profaner le lieu.

Je ne m'ennuie pas, il y a des sauterelles et des coccinelles, mes amies du jardin. Mon esprit s'égare peu de temps car je dois reprendre ma garde. Le lieu est calme mais ponctué de quelques insultes à l'accent du sud à l'encontre de la taupe notre ennemie. Je sais qu'elle est myope mais sourde je ne pense pas. Elle ne peut pas ignorer ces mots à son intention et je me demande si ça ne lui donne pas encore plus envie de saccager ce merveilleux jardin. On attend… Elle attend aussi, je suppose, de ne plus percevoir de vibrations pour venir faire son marché. Elle fait maintenant partie de mon quotidien, c'est l'objet de notre mission à Pépé et à moi. J'en oublie qu'une taupe c'est beau, chaud et doux. Que ses yeux minuscules lui donnent un air très tendre.

Et lorsqu'un fameux jour Pépé hurle, victorieux, un grand sourire aux lèvres, qu'il a réussi à l'avoir cette garce, le petit corps trophée m'est présenté au creux de ses mains et un grand chagrin m'envahit. Je savais mais je ne savais pas. Ma peine passe sur le visage de Pépé qui comprend que je ne vais pas l'ovationner d'avoir vaincu notre ennemie. Il sent que sa petite fille a transformé son regard sur lui. De roi, il est devenu bourreau pour quelques heures.

Le lendemain matin, je ne retrouve pas Pépé à son poste. Je regrette les semaines précédentes où le jardin était devenu un champ de cratères. La mission est terminée. Cette lente attente appartient au passé. Les légumes n'ont plus besoin de notre garde rapprochée. Pépé n'est pas là ce matin à mon réveil. Il est parti à l'aube me pêcher des truites. Il veut revoir la lumière au fond de mes yeux et redevenir mon Pépé chéri. Il sait qu'il va forcément en pêcher une. A midi, il veut que je me régale. Me consoler par le plaisir du ventre. Un pansement à la truite, quoi ! Il va rentrer avec ses grandes bottes qui le font ressembler au chat botté, son petit panier en plastique vert en bandoulière, rempli de poissons à la peau marron. C'est effectivement un gros pansement car le panier est plein. Il n'a pas ménagé sa peine.

Mamie s'applique à vider les poissons, gratte les écailles. Je la regarde, je me force à toucher cette surface froide à reflets qui me fait toujours un peu peur. A midi, nous nous régalons à la satisfaction de mon grand-père qui comprend que mon chagrin est passé. Heureux, Pépé fait une annonce : « Nous allons pour le dessert manger le légendaire café liégeois ! » dans la ferme auberge, à trois kilomètres de là.

Pépé troque sa tenue de pêche pour un style mac des années soixante avec une énorme cravate imprimée, une massive chevalière en or, les cheveux gominés, les sourcils coiffés, sa « caquette » en biais sur la tête comme disait ma grand-mère. Il se parfume abondamment d'après-rasage en faisant claquer ses mains sur ses joues. De son côté, Mamie contrôle sa coiffure, la laque excessivement, dessine ses sourcils, colore ses lèvres, met son bracelet marocain et enfile ses talons vernis. Dans ma valise, je cherche une tenue à la hauteur de l'évènement. J'y trouve ma petite jupette en jean, un caraco à fines rayures et mes sandales tressées blanches et or. Je me félicite d'avoir rasé au printemps dernier le duvet imposant qui habillait mes jambes précocement.

Nous voilà dans la Renault 5 vert bouteille soigneusement entretenue, la grande fierté de mon grand-père. Avant de démarrer, il prend soin d'enfiler ses mitaines en cuir et crochet pour une meilleure prise au volant adaptée à la conduite sportive. Trois minutes plus tard, nous arrivons à l'auberge. Là, mon Pépé annonce, de façon officielle, à la personne qui nous accueille, qu'aujourd'hui, il y a sa petite fille. Il a une attitude de chef d'Etat, désigne sa table habituelle et passe notre commande toujours identique : une petite coupe de chantilly maison pour lui (il prononce chantili en insistant sur le i final) et deux cafés liégeois, encore un goût associé aux vacances.

La discussion du retour tourne uniquement autour de nos coupes de glace, du plaisir, de la qualité des produits. On se promet d'y retourner dimanche pour l'ensemble du repas. A notre sortie de la voiture, chacun retourne à son occupation. Je vais alimenter en miettes les fourmis qui logent sous la marche du perron de la maison de mes grands-parents. J'aime à croire qu'elles m'attendent chaque jour comme un rendez-vous. Là, encore une fois, le temps s'étire sans ma permission.

Arrive 19h, c'est l'heure du ralliement pour le souper. Nous démarrons pile au moment des 7 coups de l'horloge. Mes grands-parents se réjouissent de ma ponctualité. Mamie sert la soupe et avec mon grand-père nous y ajoutons de petits morceaux de pain sec. J'aime amuser la tablée en étant excessive et me voilà avec une montagne de pain démesurée imbibée et gonflée de soupe. Mon appétit ne suffira pas à finir mon assiette. En fin de repas, je débarrasse et fais la vaisselle avec un challenge de taille : tout laver et rincer avec une seule petite gamelle d'eau. J'accomplis donc ma mission aux dépens de quelques couverts qui restent crotteux mais rien de grave.

Ce petit espace cuisine est creusé dans la roche. Il jouxte la salle à manger. C'est un endroit sans fenêtre avec une petite porte. Cela ressemble à l'antre d'une famille d'ours que l'on rencontre en feuilletant les livres de contes pour enfants. Tout y est petit. On y trouve un petit miroir d'urgence que Mamie utilise rapidement pour remettre son rouge à lèvres lorsque quelqu'un frappe à la porte. Le lavabo est à ma hauteur d'enfant. Un garde-manger grillagé laisse passer de délicieux fumets de lard et de saucisses sèches. Forte d'un petit morceau glissé rapidement dans ma bouche, je retrouve mes grands-parents sur le banc devant la maison.

Là, nous attendons tranquillement que nos yeux ne trouvent plus aucun appui tant la nuit noire devient épaisse. Entre deux silences, je me lance parfois dans des imitations que mes grands-parents connaissent par cœur. J'imite le singe, la locomotive et Charlot. Ce dernier a pour mérite d'arracher à chaque fois un fou rire à Mamie. J'adore les faire rire. Je me positionne devant le banc et fais des allers-retours dans la peau de mes personnages. La route devient une scène. Mon petit show terminé, je me rassois entre eux et nous reprenons notre silence contemplatif. Ce rien est propice à une préparation au sommeil. Le ciel, tel une grande toile de cinéma étoilée, nous permet d'affirmer qu'il fera beau demain. Les roses des bacs à fleurs de Mamie dévoilent leurs parfums. Peut-être que quand on ne voit pas bien on sent mieux ?

Il est maintenant temps d'aller se coucher. D'abord faire pipi dans les toilettes au fond du garage, ne jamais fermer la porte pour permettre une fuite rapide en cas d'attaque d'araignées ! La cuvette est fraîche et les murs sont suintants, emportant des morceaux entiers de chaux peinte. C'est comme une cave à vin. En haut de l'escalier abrupt, la chambre de Pépé et Mamie à droite, la mienne à gauche. Chacun se déshabille. J'aime à apercevoir Mamie en combinaison. Je devine par transparence un lien à sa taille qui me fascine. Comme une orientale, elle a un bijou de ventre. Je comprendrai beaucoup plus tard qu'il s'agit d'un lien avec différents nœuds qui correspondent à des pouvoirs de guérison. Mamie se déshabille donc, Pépé saute dans le lit, faisant mine d'y plonger. Il ne se lave pas les dents. Je suis sidérée d'apprendre qu'il n'a jamais utilisé une seule brosse à dents de sa vie, il n'a jamais eu de caries non plus. Et il est très fier d'avoir encore toutes ses dents malgré son grand âge.

Mes petits vêtements sont aux pieds de mon lit de princesse. Ma couche est très ancienne et haute jusqu'à ma poitrine. L'édredon de plumes accentue cette impression d'immensité. Le rituel veut que je prenne mon élan depuis la chambre des grands-parents pour arriver à sauter sur mon lit. C'est le ravissement d'un lit tendre. Je m'enfonce et souvent ne laisse dépasser que mon nez.

Avant d'éteindre la lumière, je regarde cet impressionnant Christ qui a pour mission, mandaté par Mamie, de veiller sur moi. Il est au-dessus de ma tête. La couleur est vraiment vieillotte mais le plus surprenant pour moi, c'est qu'il tient son cœur dans sa main. J'ai l'impression qu'il bat réellement. Son regard peut me suivre dans toute la pièce telle une Joconde christique. Il m'a fallu beaucoup de temps pour me convaincre de sa prétendue bienveillance. Je fais donc une rapide prière oralement pour faire plaisir à Mamie. Mon grand-père se moque chaque soir de nous. C'est un communiste anticlérical acharné. Il m'a appris l'Internationale à l'âge de 5 ans que je chantais le poing levé.

Une fois la lumière éteinte, nous discutons Mamie et moi. Un minuscule couloir sépare nos deux chambres qui ont les portes toujours ouvertes. Ici je n'ai pas besoin de dormir avec la lumière, je n'ai pas peur. L'horloge qui sonne toutes les heures me rappelle que je suis bien et que tout est connu. Il ne peut pas y avoir de mauvaises surprises dans cette maison. C'est un moment privilégié avec Mamie. Pépé enlève ses oreilles comme il dit, ses deux petits appareils auditifs sont posés sur sa table de nuit. Rien ne pourra le réveiller à part une envie de pisser. J'entends alors pendant la nuit un flot atterrir dans le « Jules » (le pot de chambre) puis sautillant, vêtu d'un tricot de peau blanc couvrant tout juste ses fesses, mon grand-père retourne se coucher.

Je dors encore un peu avec les yeux mais plus avec l'esprit. J'ai entendu les cloches des vaches qui passent devant la maison. Je peux sentir l'odeur de leurs bouses jusqu'ici. J'aime tellement les voir passer mais pour ce matin, c'est trop tard. Je perçois une douce lumière qui passe entre les volets. Des chiens jappent au loin. Je sens la chaleur d'une nuit entière qui imprègne mon nid. La longue chemise de nuit que Mamie me prête est entortillée autour de mon corps. Cette pression est réconfortante, je suis enveloppée. Ma chambre jouxte la grange arrière de la maison. Le bruit caractéristique de sa porte à double battants arrive à mes oreilles. Mamie doit étendre son linge.

De nouveaux sons résonnent et se multiplient, suivis de la voix de mon grand-père. « Bonjour ma droulette ! » Apparaît alors devant ma porte ouverte une énorme branche qui bugne contre le chambranle et passe en force pour atterrir sur mon lit. Une branche d'au moins 3 mètres avec tous ses petits branchages est au-dessus de moi, alourdie par des centaines de cerises. C'est magique comme un réveil dans un jardin. Je décroche mon regard en entendant le rire de Pépé. C'est le plus beau cadeau du monde et il le sait. Nous sommes heureux, nous nous mettons à manger sur mon lit ces délicieuses petites cerises qui explosent de sucre. Mamie récupère vite les nombreux noyaux de peur que nous ne tachions l'édredon. Savoureux moment qui s'éternise, je ne veux pas qu'il stoppe. J'ai droit à l'histoire de cette branche, mon pépé en rajoute certainement. Il faut bien que je me rende compte combien ça a été difficile pour lui de la déplacer. Et il a réussi grâce à sa motivation et quelques jurons, pour mon plus grand bonheur.

Notre complicité est enveloppée de l'amusement discret de ma grand-mère, si présente par sa réserve. Mamie, heureuse spectatrice de la fantaisie de mon grand-père. Elle est la gardienne en silence d'une certaine droiture. Ses talons, sur les patins de chambre, font corps avec la maison. Mamie-cafetière qui rythme sa journée de cafés, celui qui réveille, que mon grand-père lui apportait au lit chaque matin, celui qui donne de l'entrain après la toilette, celui qui accompagne la préparation du repas, celui qui est convivial avec les voisins, celui qui vient après-manger, celui du goûter…

Je retrouve mon coin dans le garage, le massif établi devient mon bureau du tout possible. Je travaille chaque vacance à l'accomplissement d'un ouvrage : sculpter du bois, faire une nature morte, commencer le mots-croisés géant de Femme Actuelle avec le rêve de gagner le grand voyage, réaliser un herbier… Cette année, j'ai récupéré du béton cellulaire. Et me voici une sculptrice acharnée. Une multitude d'outils dans l'espace bricolage de mon grand-père s'offre à mes yeux. Je rêve à chaque fois d'une création idéalisée. Je tends vers l'espoir d'un objet unique qui serait à la hauteur de mon ambition. Il n'y a pas beaucoup de lumière, un lustre pendouille du plafond. Mes pieds bousculent mes bottes rangées sous l'établi. Pépé et Mamie me font un coucou régulier. Tout se fait avec lenteur.

J'apprivoise la prise en main des différents outils. Un insecte traverse l'établi dans sa largeur. J'encourage son déplacement du bout de mon index. Je le suis du regard et mon esprit s'égare. Là, je lui imagine une cabane, un habitat pour sa famille. C'est un gendarme. Je récupère des frisettes de sciure pour la base de son nid. Des clous posés côte à côte délimiteront l'espace. Des cales de bois seront le mur. Mon petit insecte posé à l'intérieur, j'attends de voir. Je suis consciente qu'il vient de prendre la place de mon ouvrage, tout est interrompu. Peu importe, les jours suivants verront l'accomplissement de mon artisanat.

Des voix avancent à proximité de la façade fleurie. Dans mon garage, sauvage, je me fais discrète pour ne pas avoir à parler à un voisin. Il est d'ailleurs l'heure de goûter. En passant par la porte intérieure qui relie le garage à la maison, je vais me préparer un énorme sandwich au jambon qui amuse mes grands-parents par sa démesure. Je retrouve ma Mamie derrière la maison. Nous avons un abri pas très stable qui nous permet d'avoir la tête à l'ombre et les jambes au soleil pour bronzer. Je tape des pieds pour décourager les serpents de venir dans notre direction. Le soleil tape sur mes gambettes toutes blanches. Il y a un grand écart de température entre le garage et l'arrière de la maison. Je prends d'autant plus conscience du soleil sur ma peau qui me fait ressentir comme un crépitement. Je suis contente, de petits coups de soleil laisseront bientôt place à un léger hâle accentué par l'apparition d'un grand nombre de taches de rousseur.

Mamie a posé sur sa tête un vieux chapeau de paille bleu, tout percé. Nous ne parlons pas beaucoup. On s'extasie tout de même sur ce soleil qui nous nourrit avec excès depuis plusieurs jours. Heureusement que les nuits restent fraîches. Elle va récupérer la bassine en plastique jaune pour la lessive remplie d'eau et de savon de Marseille pour y faire tremper ses pieds. Dans un moment, je vais couper des ongles encore très durs malgré la trempette. Je connais ces gestes pour les avoir souvent pratiqués. J'aime cette proximité avec elle. Une fois ma tâche accomplie, Mamie prendra la lame qu'elle utilisait jadis pour raser son père et son grand-père et la passera sur ses jambes pour un rasage de près. La lame est suffisamment inclinée pour ne pas risquer une coupure. Elle se sèche les jambes et se remet en position bronzage. Face à nous, la façade ombragée de l'arrière de la maison. A ses pieds, une rigole d'écoulement des eaux ponctuée de mottes de mousse, cachettes idéales de nombreux insectes.

Mon bronzage est déconcentré par une procession de chenilles poilues. Je les positionne en deux équipes à l'intérieur de mes mains. Une course désordonnée peut commencer en direction de mes épaules me prodiguant au passage une légère caresse. Il paraît que c'est urticant. Je réalise maintenant que ma grand-mère ne s'est jamais étonnée de mes pratiques récréatives avec les animaux et n'a certainement jamais jugé bon, pour mon plus grand plaisir, de me mettre en garde d'un quelconque danger d'allergie. Même la fois où plus jeune, je lui ai rapporté un gros crapaud, croyant avoir découvert la reine des grenouilles. L'aventure course de chenilles terminée, je retourne à ma session de bronzage et nous réfléchissons au repas du soir qui restera simple. Demain, nous irons peut-être en forêt pour chercher des cèpes. Une telle perspective m'enchante.

Ces moments de chasse sont très ritualisés. Il faut tout d'abord prendre la voiture, ne pas oublier les cannes de chacun, le sac à champignons, les couteaux et les goûters. Je prendrai les bottes, mon bob, mon petit seau en fer bleu. La chasse à son début n'est pas mixte, chacun de mes grands-parents a ses coins secrets. Je jouis du plaisir de garder celui de chacun. Je commence toujours avec Mamie, nous suivons les sentiers, je me régale lorsque nous croisons un ruisseau, point de ralliement de petits insectes. Je « patasse » avec mes bottes, remonte un peu le cours d'eau, dévie son chemin. Je gratte ou monte un barrage. Je pose un doigt, l'eau passe de chaque côté, change de couleur en fonction de l'inclinaison de ma tête. Si j'ai de la chance, il y a une grenouille que je vais pouvoir intégrer à la nouvelle déviation. La regarder, la récupérer dès qu'elle s'éloigne. Je prends conscience que Mamie est là. J'étais tellement loin dans mon aventure. Elle attend juste, orientée face au soleil pour ne pas en perdre un rayon.

Elle passe ses doigts écartés dans ses cheveux pour contrôler le bon positionnement de sa coiffure puis aux interstices de sa bouche pour enlever un surplus de rouge à lèvres. Au début de notre itinéraire, des abeilles étaient arrivées en masse dans sa chevelure, attirées par la forte odeur de laque généreusement appliquée, heureusement sans mal. Je comprends sans mot que l'on va continuer notre chemin. Je défais le barrage, pose ma grenouille là où je l'avais trouvée. On ne sait jamais, si elle a du mal à retrouver sa famille. Les noisetiers ne sont pas encore prêts à nous donner leurs fruits ; les myrtilles en revanche sont là par milliers. Notre cueillette est stoppée par un sifflement : le code. C'est Pépé.

Ça signifie que tout va bien mais l'écho qui répète le son nous indique qu'il s'est profondément enfoncé dans la forêt. La répétition frénétique du sifflement nous indique son contentement… Il a trouvé beaucoup de champignons, son coin doit être prolifique, il est content. Un temps abstrait plus tard, un début de faim m'indique que c'est bientôt l'heure de goûter. Mamie fait un houhou de ralliement, un sifflement répond. Les sons se rapprochent pour se réunir, on se retrouve. Après un bon goûter salé, je continue ma route avec Pépé ; Mamie nous retrouvera à la voiture. Je sais déjà que je vais vivre moi aussi les profondeurs de la forêt. Nous nous enfonçons là où la lumière ne perce pas, où le sens le plus réveillé est l'odorat. La forte odeur de mousse évoque celle du champignon. On perçoit l'humidité, une nouvelle odeur au goût de caillou froid. Pépé me dit de bien regarder mais vraiment de bien regarder. Je comprends qu'il sait. Ils sont là.

Je soulève avec ma canne les blocs amalgamés de feuilles humides aux pieds des arbres. J'enlève parfois le toit d'une communauté d'insectes cachés ici ou là. Avant de continuer ma recherche, il me faut reconstruire sommairement le plafond de leur habitation. Le moment tant attendu se présente juste sous un trait de lumière qui perce les arbres, de beaux cèpes énormes. Pépé me félicite, je suis super heureuse mais pas dupe. Je sais bien que depuis le début, mon grand-père m'a négligemment amené à leur découverte. On les coupera au couteau pour laisser la base en terre afin de les retrouver la prochaine fois. C'est parfait, les vers n'ont pas attaqué les pieds. Nous pouvons, victorieux, retrouver Mamie à la voiture.

En rentrant, on se félicite de nos trésors. Il faudra être discret en arrivant à la maison. Je promets de ne pas révéler aux voisins notre découverte. On se retrouve au temps des chercheurs d'or. Rien ne doit filtrer ou les hommes des maisons voisines partiraient immédiatement en chasse pour battre le nouveau record de la saison. A notre arrivée, nous passons vite à l'arrière de la maison où les immenses grilles de séchage seront ordonnées. Coupés en fines lamelles, je positionne rigoureusement les cèpes. Les tranches se feront bronzer allongées sur leur transat jusqu'à ce que toute trace d'humidité disparaisse. Contemplation et satisfaction. Un merveilleux parfum s'installe derrière la maison. Deux cèpes ayant échappé au découpage nous régaleront dans une bonne omelette le soir même.

Le soleil tombe vite derrière la colline qui borde l'arrière de la maison. Un rapace tourne autour de nos têtes. Lui aussi retrouve son nid au sommet. La fraîcheur s'abat sur les grosses pierres de la maison. Nous récupérons nos gilets. Je m'installe dans la cuisine à côté de la fenêtre en attendant de dresser la table. J'y ai un bureau provisoire pour les soirées ou jours de pluie avec ma pile de dessins, de feuilles, de papiers d'emballage vierges et de crayons. J'ouvre la porte du compartiment à poubelles dans le soubassement du meuble carrelé pour y passer mes jambes. C'est confortable et spacieux. Là, j'ai une vue directe sur la route devant la maison et les rideaux crochetés ne permettent pas aux passants de me voir. Je reste parfois longtemps immobile à cette place et me laisse envahir de mouches. Je trouve très agréables ces petits guilis légers sur ma peau.

Un fumet de soupe me détourne de mon occupation passive et envahit la pièce. De la buée apparaît sur les fenêtres. Ma grand-mère n'a jamais aimé cuisiner mais elle accomplit cette tâche avec devoir, méthode et rigueur. Chaque plat est simplement bon. Mon grand-père va descendre après sa douche. Je mets la table, nous allumons la télé. Bien assis côte à côte face au téléviseur, nous attendons le générique de l'émission Des chiffres et des lettres. Pépé prend son gros casque audio pour mieux entendre. Les chiffres sont affichés sur l'écran, mon grand-père se concentre assidument, Mamie distraitement et moi avec acharnement. Arrivent les lettres en même temps que le bout de lard sur la table. Tout est chorégraphié, chaque mouvement est connu depuis si longtemps. C'est très doux et simple. Mon pépé soulève un côté de son casque pour écouter mes trouvailles de mots. Arrivera, ovationnée, l'omelette aux cèpes puis le fromage et un fruit. L'écran est alors éteint.

Après un sommaire coup de balai et une petite vaisselle, nous partons Mamie et moi pour une promenade digestive, un tour du village, la « boucle ». Le chant du soir des grenouilles et des cricris est presque comme une épaisseur qui enveloppe la soirée. La route principale que nous longeons relie les petites maisons. De douces lumières sortent des fenêtres. On entend des bruits de discussions et de fourchettes étouffés. Des chiens aboient. On dit bonsoir aux personnes assises devant les murs de pierre, on échange de gentilles banalités, tout le monde s'accorde pour dire que j'ai bien grandi. Les adultes prennent des nouvelles les uns des autres avec toujours un air démesurément grave. On parle du temps, il fera beau demain, il y a vraiment beaucoup d'étoiles dans le ciel.

Nous tournons pour récupérer un sentier caillouteux qui monte à droite et nous permettra de regagner la maison. Mamie marche sur l'avant de ses chaussures à talons, sa démarche est si légère, comme si elle marchait sur un tapis de coton. On arrive au petit cimetière, il est tout tranquille, il n'a rien de sombre ni de triste. Je pousse la grille, j'aime à y récupérer sur le tas de déchets à gauche de vieux bouquets séchés. J'époussette le tissu des fleurs noirci par le temps et les dispose joliment sur des tombes vides dont celle d'un grand-père que je n'ai pas connu. J'y enlève les feuilles mortes, construis des petits totems de cailloux. Je refais un petit tour, j'y reconnais tous les noms des familles qui forment le village depuis de nombreuses générations. Je retrouve Mamie sur le chemin.

Ma petite visite du lieu ressemble à un inventaire, une sorte de surveillance. Je valide chaque présence comme s'il pouvait y avoir des absents d'une fois sur l'autre. Mamie reste à l'extérieur, sa relation à la mort ou à la religion a toujours été très pudique. Je n'ai ainsi jamais pu être spectatrice d'un temps de recueillement ou de prière de sa part. Nous continuons notre ascension en évitant cailloux instables et bouses de vache. La descente par la colline est préservée des voitures. Nous marchons lentement en surplombant le village, peu pressées d'arriver à la maison. Une dernière étape manque à mon parcours. Un petit bond escarpé au-dessus d'un petit pont pour retrouver mon ruisseau et repère à grenouilles, aujourd'hui quasi tari et vidé de ses petites bêtes. Rien à signaler à part d'obscurs sons de la nuit et hop, d'un saut, je retrouve le chemin au bas duquel la maison nous attend. Un nouveau jour rassurant et parfaitement bien calibré se termine.

POUR VOUS, QUELQUES PAGES BLANCHES A HABILLER...